Jay Kay

AF235594

Iikitt

Sie wollten schon immer eine Göttin besuchen?
Jetzt bietet sich die einmalige Chance.

Die Geschichte
Urlaub braucht jeder. Besonders, wenn man einen stressigen Job
hat. Darf es etwas Außergewöhnliches sein? Wie wäre es mit einem fernen Eiland, malerisch gelegen in einer blauen Lagune.
Tauchen, Sonnenbaden und Relaxen stehen auf der Tagesord-
nung. Prima, wenn man zudem noch einen erfahrenen Führer unter
den Insulanern findet, der den ganz besonderen Kick verspricht.
Wie wäre es mit einem Besuch bei der Göttin der Inseln? Sie, die
alles erschaffen hat. Nur Auserwählte bekommen sie jemals zu
Gesicht. Ihr Name ist Iikitt und egal, ob sie Illusion oder Wirklichkeit
ist, auf jeden Fall wird es ein Abenteuer.

Mit dieser Erzählung aus dem Universum der 'Kinder der Erde' zeigt
Jay Kay die Vielseitigkeit seines Könnens in einer überraschenden
Kurzgeschichte.

Plus Erstausgabe-Bonus: 2te Vignette

Der Autor
Jay Kay ist nicht nur Schriftstellername, sondern seit jeher Spitz-
name des Verfassers dieser Geschichte. Wenn er keine Bücher
schreibt, macht er die Weltmeere unsicher und die Unterweltmeere
sicher. Er war schon Journalist, Übersetzer, Fotograf, Pressespre-
cher, Grafiker und Programmierer. Lesen und Schreiben sind bei
ihm nicht zu trennen.

Ebenfalls von Jay Kay
Kinder der Erde:
Ich, Santa (Roman & Vignette 0)
Iikitt (Vignette 1&2)
Engel der Frequenzen (Vignette 3&4)
Der Dachs, der Wind und
das Webermädchen (Vignette 5&6)

Magischer Realismus:
Native American Girl (Roman)

Science Fiction:
Filona am Ende der Zeit (Roman)

Vi|gnet|te
In der Literatur ein kurzer (impressionistischer) Text, der sich auf einen Moment, eine Person, einen Ort, ein Objekt oder eine Idee bezieht.
Wikipedia

Auf den folgenden Seiten finden Sie eine Vignette über die 'Kinder der Erde'.

Vignetten sind kurze, abgeschlossene Geschichten, Novellen, Lyrik und kleine Erzählungen aus dem unendlichen Universum der wundersamsten Wesen auf unserem Planeten. Auch wenn im Hintergrund immer die *Kinder der Erde* stehen, so können die Vignetten unabhängig gelesen und verstanden werden. Jede steht für sich und bietet Lesevergnügen ohne Vorbedingungen.

Doch wer sind diese *Kinder der Erde*?

Fest steht, sie leben unter uns, unerkannt und seit Jahrhunderten, manche würden behaupten seit Jahrtausenden.

Viele Erzählungen berichten über sie. Sagen und Märchen aus alten Zeiten. Was keiner je vermutet hat, in allem steckt nicht nur ein Körnchen Wahrheit. Sie haben diese Geschichten erfunden und ihre Bilder in die Köpfe der Menschen gesetzt. Sind es Feen, Geister, Fabelwesen, magische Kreaturen oder Naturgewalten und Meister über die Jahreszeiten?

So viele Fragen, so viele Antworten.

Bleiben Sie gespannt und tauchen Sie ein in das erstaunliche Reich jenseits unserer Wahrnehmung.

Jay Kay

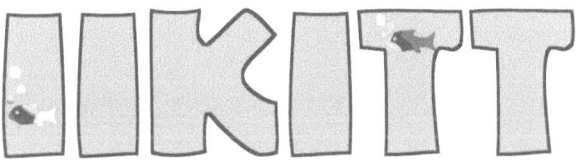

Even Terms Press

Iikitt

&

Steinfrau

Copyright Jay Kay 2018

3. Auflage

2021

Even Terms Press

Unt. Waldweg 10, 30974 Wennigsen (Mark)

www.eventermspress.de

Lektorat / Korrektorat: EMB

Titeldesign & Layout: jk
unter Verwendung von Motiven von Shutterstock
Satz: DTP Service Durchschuss, 62291 Versatz
Herstellung und Verlag: BoD - Books on Demand,
Norderstedt
ISBN: 978-3-7528-4742-0

Inhalt

Vignette
1

Kinder
der
Erde

Iikitt

Eine Geschichte
der
Kinder der Erde

I.

Idiot!«, murmelte ich mir zu. »Es muss sich was ändern.« Ich war drauf und dran einzuschlafen. Bei der Arbeit, mitten am Tag, sollte das eigentlich nicht passieren. Was noch schlimmer wog, mir fiel nichts mehr ein. Für den cleversten und schnellsten Lokalreporter meiner Stadt sollte das ausreichen, um sofort den nächsten Urlaub einzureichen.

Doch ich überlegte. Wann hatte ich zuletzt Ferien gemacht? War ich seit meinem Praktikum, seit meinem Volontariat, seit meiner Probezeit überhaupt irgendwo gewesen, außer in den Straßen meiner Stadt, immer unterwegs auf der Jagd nach den letzten Neuigkeiten, den aktuellen Vorfällen, den heißesten Trends.

Ich wusste die Antwort und mein Kopf sank auf den Schreibtisch. Alles war auf einmal so schwer.

Ich weiß nicht, wie lange ich in dieser Position verharrte. Meine Kollegen schwirrten um mich herum. Ich hörte sie kaum. Ich wollte sie nicht mehr hören. Die Welt tickte weiter und ich wollte vergessen zu ticken. Meine Stirn lag auf der Tischplatte, im Blick nichts als Weiß. Ich war froh, dass es offenbar niemandem auffiel, oder niemand störte sich daran. Vielleicht hielten sie es für meine neue Art der Meditation.

»Hey! Geht's dir gut?« Das war Kitti, unsere Redaktionsassistenz. Die unermüdliche Kitti, das Mädchen für alles, die Seele der Redaktion, zumindest die Seele in jedem gut gemachten Kaffee. Ein bisschen zu rundlich trotz der vielen Laufarbeit, die sie jeden Tag zu erledigen hatte. Nie zu übersehen, wenn sie mit ihrem leuchtend blonden Kraushaar durch die Gänge huschte, die dickgerahmte Hornbrille auf der Knubbelnase.

Sie rüttelte mich an der Schulter und ich schreckte auf.

»Du siehst aus, als wenn du Urlaub brauchst.«

Ich starrte sie für einige Sekunden wortlos an. Sie starrte zurück und ich sah, wie sie ansetzte, ihre rechte Augenbraue in die Position des Zweifels zu ziehen.

»Tatsächlich«, schoss ich hervor und ihre Bewegung ab. »Ich brauch Urlaub, ich muss hier raus.«

Ich stand auf, nahm mein Handy und war schon auf dem Weg ins Büro meines Chefs, da fragte sie: »Und wo soll's hingehen?«

Ich stockte.

»Tja, wohin?«

An der Wand des Büros hing eine riesige Weltkarte. Die Nationen waren in unterschiedlichen Farben gehalten. Von Türkis bis Himmelblau, von Rosa bis Pastellrot, von Achat bis Jadegrün war so ziemlich jede Schattierung vorhanden.

Keiner der bald 200 Staaten wollte einfach nur rot sein, oder simpel blau oder schlicht grün. Ich hatte mich schon immer gefragt, warum eigentlich nicht?

»Es ist doch ganz einfach«, warf ich Kitti über die Schulter zu. »Ich werde gleich zum Boss gehen und meinen längst überfälligen Jahresurlaub nehmen.

9

Jeder hat das Recht, ihn nicht verfallen zu lassen. So wie ich das letztes Jahr getan habe.«

»Oder das Jahr davor ... «, fiel sie mir ins Wort.

»Und ich fahre, wohin mich das Schicksal führt«, setzte ich unbeeinflusst fort.

Sie staunte mich respektvoll an.

»Ich nehme jetzt diesen Dartpfeil hier ...«

Ich nahm den metallenen Pfeil mit den gelb-schwarz gestreiften Federn vom Büroschrank meines Nachbarn Barney. Der hatte eine Dartscheibe an einer Stellwand neben seinem Schreibtisch aufgehängt, auf die wir in der Mittagspause warfen.

»Und ich werde auf die Karte da werfen. Das heißt, ich werde ausholen, die Augen schließen und dann werfen. Wo der Pfeil landet, da fahr ich hin.«

»Leute! Macht ihr mal Platz da hinten!«, bölkte sie quer durchs Büro über die fünf Meter Cubicles hinweg, die mich von der Karte trennten.

»Mach mal«, forderte sie mich mit einem fetten Grinsen auf. »Egal, wen oder was du triffst. So viel Spaß hatten wir hier schon lange nicht mehr.«

Ich schenkte ihr eine Schnute, wand mich der Karte zu, holte aus, schloss die Augen ...

... und warf.

II.

Ich konnte kaum glauben, was ich sah. Ein paar Mal mit den Lidern zwinkern, den Schlaf des langen Fluges aus den Winkeln kratzen und die müden Pupillen fokussieren.

Unter mir, noch gefühlte tausend Meilen entfernt, schimmerte die See so türkisblau wie sonst nirgends auf der Welt. Doch hier, in diesem tropischen Ozean, lagen die Inseln meines Ziels. Die winzigen Atolle der Kolibriden. Einst von mächtigen Vulkanen bis knapp unter die Wasseroberfläche gehoben und dann von kaum mehr als zerriebenen Korallen zusammengeschwemmt.

Ich drückte mir die Nase an der dicken Plexiglasscheibe des Lufttaxis platt. Mit einer Hand tastete ich nach meiner Kamera. Das musste ich aufnehmen. Ich wusste, jetzt war der Moment. Meine Ankunft am späten Nachmittag machte es möglich. Die Sonne schien tief in die Unterwasserwelt der Canyons zwischen den ringförmigen Inseln. Mein Rückflug war irgendwann in ein paar Wochen für den Abend geplant, da würde das Licht nicht mehr reichen.

Ich knipste und knipste. Glitzerndes Meer, weiße Strände und kreisrunde Lagunen. Dann kam das Wasser immer näher und schon setzten wir auf. Die Landebahn war hier überall.

11

Der Pilot propellerte uns bis an den Steg und helfende Hände luden mich und die paar Touristen, die mit mir gekommen waren, inklusive Sack und Pack an Land.

Freundlich verneigten sich die Eingeborenen, eine Blumenkette erhielt jeder Gast. Dann schnatterten sie schon wieder in ihrer ureigenen Sprache, untereinander und in dieses und jedes Handy. So viel Zivilisation hatte es offenbar auch an diese Küsten geschwemmt.

Die Luft kam mir dermaßen tropisch entgegen, dass sich im Nu ein Film aus Feuchtigkeit auf jeden Zentimeter der Haut legte. Der Wind trug den Geruch von Meer und ebenso der Insel mit sich. Sand und Salz, Palmen und Mangroven, Holz und Orchideen, das war es und noch viel mehr. Mir fehlten die Begriffe, um alles zuzuordnen, aber ich wusste, ich war endlich angekommen.

»Ich bin Pati«, sagte ein dunkelhäutiger Bursche neben mir. »Welche Koffer?«

Ich zeigte auf meine Mitbringsel.

»Zimmernummer?«, fragte er mit einem einladenden Lächeln.

»101«, antwortete ich.

»Eine gute Wahl, Sir«, lobte er. »Eine bessere Lage gibt es hier nirgends.«

»Tatsächlich?«, sagte ich voller Interesse. »Dann habe ich wohl beim Buchen Glück gehabt.« Und musterte dabei diesen Pati. Ein luftiges Hemd voll der knallbuntesten Blumen und hellgelbe Shorts, mehr brauchte man hier offensichtlich nicht, um die Jahreszeiten zu überstehen. Er trug nicht einmal Flip-Flops.

Ich hatte meine vorsorglich im Flieger angelegt, aber ich hatte schon jetzt den Eindruck, auch für mich würde das hier eine Barfußinsel werden.

Sein Haar war glatt und kohlrabenschwarz, die Zähne perlweiß, als er mich angrinste.

»Willkommen im Paradies«, sagte er. »Darf ich Ihr persönlicher Betreuer sein?«

Ich nickte, er verneigte sich und nahm meine Koffer, um mich auf Zimmer 101 zu führen. Das war auf diesem Eiland eine kreisrunde Hütte unter einem Strohdach. Wie alle Apartments ein persönliches Haus, getrennt von allen anderen, umrahmt von nichts als weißem Sand und ein paar niedrigen Büschen. Ein Schlafraum in der Mitte, ein Schlauch von Bad, der sich an die handverputzten weißen Wände schmiegte, und schöne, kühle Fliesen am Boden zwischen hochaufragenden Palmen. Das war es schon.

Die warme Luft des aufkommenden Abends wehte durch die offenen Türen herein. Ich sank auf das Bett und verbrauchte meine Zeitverschiebung im Schlaf.

III.

In den nächsten Tagen tat ich alles, was ich meinte, im Urlaub tun zu müssen. Ich brutzelte am Strand, schnorchelte jede Viertelstunde mit den Schildkröten um die Wette und verchillte die Abende an der Inselbar.

Trotzdem ich mich nur im Schatten aufhielt, wurde ich so schnell braun wie kein anderer Gast, der mit mir angekommen waren. Ich war der Typ dafür. Noch ein bisschen Hautschutz hier und da. So ließ ich dem Sonnenbrand keine Chance. Schon nach einer Woche hatte meine Haut die Farbe der Eingeborenen angenommen.

Dann stand mir der Sinn nach Abenteuer. Ich lieh mir eine Tauchausrüstung und verbrachte einige Stunden in Gesellschaft der Korallen und kleinen Fische an der Außenseite unseres Atolls. Bis auf den sandigen Grund zwischen den Inseln tauchte ich herab. Dort gab es keine Felsen mehr, nichts als versunkenen Sand, soweit das Auge reichte. Schneeweiß und flächig zog er sich dahin. Mit einem hübsch regelmäßigen Muster versuchte er, die Wellen der See hoch oben zu imitieren. Er streckte sich, soweit es die Sicht zuließ und das war hier so weit, wie ich es in dieser Tiefe noch nie erlebt hatte. Doch bis zur nächsten Insel konnte ich nicht schauen. Wohin ich auch blickte, in der Ferne ballte die See ihre dunklen Fäuste zu einer undurchdringlichen Wand.

Pati war ein paar Mal dabei. Überhaupt kümmerte er sich um mich, als wäre er mein privater Diener, obwohl er noch andere Bungalows zu betreuen hatte. In der Kantine stand er an meinem Tisch, wann immer ich etwas brauchte. Er zeigte mir die leckersten Speisen am Buffet und servierte mir die gewagtesten Cocktails in der Bar.

Solange das Licht des Tages durch die Palmenblätter schien, waren zu allen Mahlzeiten die Papageien da. Kleine, wendige Piraten der Lüfte waren sie. Sie flatterten von Wipfel zu Wipfel und prüften, wer von den Gästen vertrauenswürdig war und wer sich tierlieb genug zeigte, um sie an den Tisch zu bitten. Bei mir hopsten sie schon am zweiten Tag auf der Kante des Frühstücktisches herum und bettelten um den einen oder anderen Krumen. Mittags waren Pommes frites ihre Lieblingsspeise, aber gefälligst ohne Mayonnaise oder Ketchup. Bald waren sie so mit mir vertraut und ich mit ihnen, dass sie sich füttern, streicheln und auf die Hand nehmen ließen.

Ein kleiner Dunkelgrauer war der Frechste. Breite rote Augenringe hatte er und die typisch gelben Griffel.

Betrat ich die Kantine oder die Bar, flog er heran und setzte sich auf meine Schulter.

Pati schaute mich jedes Mal seltsam an, wenn ich mit dem kleinen Racker spielte. Zuerst deutete ich es als Missfallen. Vielleicht waren die Papageien nicht erwünscht und Gäste hatten sich über sie beschwert. Vielleicht wollte er nichts sagen, da auch ich ein Gast war.

Doch ich lag falsch.

Eines späten Abends, die Bar war schon leergefegt, ich hatte ein paar Cocktails zu viel gehabt und wollte gerade meinen Bungalow ansteuern, da sprach er mich an.

»Sir, die Papageien mögen Sie.«, sagte er mit seinem typischen Lächeln.

»Ist mir aufgefallen«, antwortete ich.

»Nein, nein, Sir«, nickte er mir zu. »So wie sie kommen und spielen, haben sie Sie ins Herz geschlossen. Das machen sie nur sehr selten.«

»Das freut mich«, sagte ich zuvorkommend.

»Die Papageien sind die Wächter der Insel«, ergänzte er und an seinem Gesichtsausdruck sah ich, dass er nicht mehr scherzte.

Ich wollte seine Gefühle nicht verletzen, da es schien, er wollte aus dem Nähkästchen plaudern.

»Sicher, sicher«, antwortete ich.

»Sir, Sie verstehen nicht«, sagte er nach einem prüfenden Blick in meine Augen. »Diese Tiere hat Iikitt geschickt. Mit ihnen hält sie alles im Auge und wacht über die Menschen, ob wir uns auch richtig verhalten.«

»Wer ist Iikitt?«, fragte ich.

»Die Göttin der Inseln.«

Das hätte mir klar sein müssen. Irgendetwas in dieser Richtung musste es ja sein. Wahrscheinlich ein Kult aus der Zeit, als die Einwohner dieser Atolle noch Trommeln statt Handys benutzt hatten.

Ich war schon immer schlecht darin, meinen zweifelnden Blick zu verbergen. In meinem Job kam mir das normalerweise gelegen, aber hier brachte es Pati dazu, seine Stirn in Falten zu werfen.

»Sie glauben mir nicht«, sagte er und winkte mit dem Finger. »Wenn Sie erlauben, werde ich es Ihnen beweisen.«

»Was denn beweisen?«

»Wir statten ihr einen Besuch ab.«

IIII.

Insgeheim war ich nicht überzeugt, aber warum sollte man Pati nicht machen lassen. Es klang nach Abwechslung, es klang nach Abenteuer. Das konnte ich nach den Tagen am Strand brauchen.

»Erzähl mir was über diese Iikitt«, sagte ich zu ihm, als er mich tief in der Nacht von der Bar zu meinem Zimmer begleitete. Mein Schritt war nicht mehr ganz so sicher wie zu Beginn des Abends, noch vor der erquicklichen Reihe von Cocktails.

»Iikitt ist die Göttin der Atolle, die Schöpferin unserer Inseln. Sie ist alles und ohne sie sind wir nichts.«

»Verstehe schon«, sagte ich und meine Zunge verriet mit einem leichten Lallen meinen Zustand.

»Aber was haben die Papageien damit zu tun?«

Hoppla, fast wäre ich über eine Sanddüne gestolpert.

Pati hakte sich bei mir unter und führte mich sicher in Richtung Apartment 101.

Ich blickte zurück im Zorn, aber die Sanddüne hatte sich in nichts weiter als eine mickerige Welle verwandelt, die ein anderer Gast durch einen festen Tritt als Spur hinterlassen hatte.

»Die Papageien sind die Kamhina Humunkapah«, warf mir Pati zu.

»Jetzt komm mir nicht mit sowas«, fuhr ich ihn an. »Tu nicht besoffener, als ich es bin.«

»Ich scherze nicht«, sagte er und seine Stimme wurde ernst. »Kamhina Humunkapah bedeutet in unserer Sprache so etwas wie die glücklichen Glücklosen.«

»Na gut«, nahm ich mich zusammen. »Deine Worte verstehe ich, aber nicht den Sinn.«

Inzwischen waren wir in meinem Bungalow angekommen. Er führte mich zum Bett. Ich drehte mich mit einer eleganten Bewegung, die man nur jenseits der zwei Promille hinbekommt, mit dem Rücken zur Matratze und ließ mich fallen.

Als ich lag, begann er zu sprechen und ich hörte zu.

»Iikitt ist die Tochter der See. Nachdem sie das Land, die Tiere und die Pflanzen erschaffen hatte, war ihr zu trist. Sie wollte sich unterhalten und jemand sollte sie verehren. Darum erschuf sie den Menschen. Doch schon bald wurden ihr die Menschen zu eigensinnig. Darum zog sie sich auf ihre Insel zurück und wollte sie überwachen. Dazu brauchte sie viele Augen und Ohren. Sie versprach denen ewiges Leben, die es bis auf ihre Insel schafften, um ihr für immer zu dienen. Sie würden als Wächter in die Welt der Menschen zurückkehren. Dazu muss sie ihre Diener in Papageien verwandeln, damit sie sich unerkannt fern und weit bewegen können. So können sie Auge und Ohr von Iikitt sein. Jeder kann sie besuchen und hat doch die Wahl. Denn wer über Nacht auf der Insel bleibt, wird in einen Diener verwandelt. Glücklich spielen diese für alle Zeiten unter den Augen ihrer Göttin, doch sind sie ebenso glücklos, denn sie dürfen nur als Papagei in unsere Welt zurück. Deswegen verehren wir nicht nur Iikitt, sondern auch die Papageien, denn sie sind die Mutigsten der Mutigen, die sich auf Iikitts Insel gewagt haben und dort geblieben sind, um ewig zu leben und nur als Vogel in die Welt zurückzukehren.«

Ich lag auf dem Bett und mir fielen schon die Augen zu. Doch Patis Erzählung war so spannend, dass ich bis zum Ende durchhielt.

»Ich vermute mal, du möchtest, dass wir genau dorthin fahren und ich meinen Mut beweise.«

»Sie scheinen mir nicht zu glauben«, antwortete Pati. »Darum werde ich Sie zur Insel bringen und Sie können Iikitt von Angesicht zu Angesicht gegenübertreten. Das allein haben nur die Mutigsten gewagt. Wenn Sie vor Einbruch der Nacht das Eiland verlassen, wird nichts passieren und Sie können bei Ihrer Rückkehr erzählen, dass Sie etwas im Urlaub gemacht haben, was nur den wenigsten vergönnt ist. Sie haben eine Göttin besucht. Was sagen Sie?«

»Schon recht«, murmelte ich, bevor mir die Augen endgültig zufielen. »Eine Göttin ist genau meine Kragenweite.«

IIIII.

In meinen Träumen verwandelte ich mich in einen furchtlosen Krieger, der durch den Dschungel auf Iikitts Insel hüpfte und lautstark nach der Göttin rief. Doch sie kam nicht, ich musste sie suchen. Sie verbarg sich hinter einem Wasserfall, davor eine unendlich tiefe Lagune, in der mächtige Alligatoren unter der Oberfläche schwammen. Nur ihre Augen waren zu sehen und sie beobachteten mich mit gierigen Blicken. Mein überbordender Mut verwandelte sich in Zorn.

»Zeig dich!«, rief ich mit erhobener Faust.

Und als nichts geschah, rannte ich einfach über das Wasser, mit jedem Schritt die Köpfe der Reptilien nutzend, erreichte die Felsen, auf die das Wasser prasselte, langte durch den silbernen Vorhang und zog sie hervor.

Sie lag in meiner Hand. Eine kleine Fee, nass wie ein Fisch, ohne Flügel, aber mit langen, goldenen Haaren, nackt wie gerade vom Universum erschaffen, was ich jedoch kaum erkannte, so klein schien sie in meiner Hand.

»Ha!«, rief ich aus und wachte auf.

»Fein!«, hielt mir Pati als morgendlichen Gruß entgegen. »Ihr seid wach und wir können aufbrechen.«

»Langsam, langsam«, sagte ich und versuchte die Doppelbilder seiner Silhouette zu einem scharfen

Abbild zu vereinen. »Hast du die ganze Nacht auf mich aufgepasst.«

»Nein«, antwortete er. »Ich habe auf der Couch an der Wand geruht. Aber ganz unbeaufsichtigt konnte ich Euch auch nicht lassen. Die Sonne ist gerade aufgegangen und wir haben genug Zeit für unsere Unternehmung.«

»Muss das heute sein?«

»Heute ist der beste Tag. So gut wie jeder andere. Kommt, ich helfe Euch.«

Und er half mir unter die Dusche (da wurde ich halbwegs wach) und zum Frühstück (da wurde ich halbwegs abgefüttert) und in sein Boot (schon waren wir halbwegs zu der Insel unterwegs.)

Das Meer glitzerte noch im Morgenlicht, unsere Insel verschwand am Horizont, da wurde mir erst richtig bewusst, auf was ich mich eingelassen hatte.

Sein Boot war kaum mehr als ein Einbaum mit Ausleger. Ein winziges Segel sorgte für Geschwindigkeit.

»Ich hab meine Kamera vergessen!«, rief ich ihm zu.

»Sie werden sie nicht brauchen!«, rief er zurück. »Sehen Sie doch!«

Und er zeigte zurück zum Horizont.

»Aber da kommen wir her«, sagte ich. »Da liegt unsere Insel.«

»In der Luft!«, rief er freudig erregt. »In der Luft!«

Dort kam ein kleiner schwarzer Punkt auf uns zu, der schnell größer wurde und bald Flügel zeigte, um sich in einen Papagei zu wandeln und schnurstracks in meine Richtung zu fliegen, um sich auf meine Schulter zu setzen.

22

Es war der kleine, freche Graue mit der roten Brille, der mich bei so vielen Mahlzeiten begleitet hatte. Und ich hatte ihm wahrlich immer etwas von meinen Pommes frites übrig gelassen.

»Ein gutes Zeichen«, sagte Pati. »Es ist nicht mehr weit. Seht Ihr den schwarzen Streifen dort vorne am Bug. Der Wald von Iikitt über dem Berg unter dem Wasserfall.«

Die Sonne brannte gnadenlos auf uns herab. Es war heiß in dem winzigen Boot. Ich hielt die Hand ins Wasser und zog sie schnell wieder heraus. Es war warm wie eine überhitzte Badewanne.

Der Schweiß troff mir in die Augen. Das Hemd klebte am Körper. Der Wind war da, aber sorgte kaum für Abkühlung.

Stoisch saß der kleine Graue auf meiner Schulter, den Blick nach vorne gerichtet. Das Ziel im Auge.

Ich sah ein Eiland heranschwimmen. Größer wurde ein bewaldeter Hügel, der Strand eine endlos weiße Fläche, der Dschungel dahinter dicht und dunkelgrün.

Pati kannte die Lücke im Riff. Er steuerte hindurch, reffte das Segel und paddelte in eine seichte Salzlagune.

»Ihr müsst springen«, forderte er mich auf. »Es gibt keinen Steg. Ich werde auf Euch warten. Die Insel ist nicht groß, geht zur Mitte und Ihr werdet sehen.«

Der Graue lockerte seine Krallen, mit denen er sich in meinem Hemd gehalten hatte und flog davon. Kaum hatte er den Strand passiert, verschwand er in den Wipfeln der Baumriesen, die den Dschungelrand markierten.

23

Ich konnte nicht mehr antworten. Weil ich nicht wollte. Weil mir die Sonne noch den letzten Widerwillen vertrocknet hatte. Oder weil mir so unendlich warm war. Ich warf mein Hemd ab und sprang mit nichts als Shorts kopfüber in die Fluten.

Tief tauchte ich ein. Schon nach ein paar Metern wurde es spürbar kühler. Ich öffnete die Augen, ließ die Blasen nach dem Sprung verblubbern und schaute mich um.

Die See war klarer als je zuvor. Transparent wie ein mächtiger Eimer Wasser kam es mir vor. Sanfte weiße Hänge an allen Seiten. Ich schwebte inmitten des Kessels der Lagune. Eine kleine Schule junger Haie zog unter mir ihre Runden und blickte herauf. Sie ließen sich durch meine Gegenwart nicht im Geringsten beeindrucken.

Haie!

Ich strampelte zurück an die Oberfläche.

»Hey! Hier ist was im Wasser!«, rief ich Pati zu. Der hatte das Boot gewendet und spannte das Segel.

»Kein Grund zur Panik,« sagte er. »Hier tut Ihnen keiner etwas. Jetzt husch, husch zum Strand.«

»Wo willst du hin?«, brüllte ich.

»Hab doch gesagt, keine Panik. Ich geh fischen, damit wir auf der Rückfahrt was zu knabbern haben. Ich behalt den Strand im Auge. Machen Sie sich keine Sorgen.«

Und schon nahm er Fahrt auf.

Mir blieb nichts übrig, als zur Insel zu kraulen. Ich fühlte mich nicht wohl, aber das Wasser floss friedfertig an meinen Hüften entlang, eine plötzlich aufkom-

24

mende Strömung griff mir hilfreich unter die Arme und die Haie spielten unbeeindruckt weiter in ihrem Garten, wann immer ich mit einem kurzen Blick nach ihnen schaute. So erreichte ich über ihre Köpfe hinweg unbeschadet und erfrischt Iikitts Insel. Die Sonne stand an ihrem höchsten Punkt, als mich die Wellen auf den Strand spülten und ich den ersten Schritt in den mehlweichen Sand setzte.

IIIIII.

Ich stand an der Grenze zum Dschungel. Der heiße Sand noch unter meinen Sohlen. Vor mir nichts als eine Wand aus Grün. Wie eine lebendige Flut stürzte es von den Bergen herab. Noch einen Schritt und ich würde in diesen Urwald eintauchen.

Was ich auch tat. Jetzt wollte ich es wissen. Hatte mir Pati Humbug erzählt, oder war wirklich was dran?

Ich griff mit den Händen in die grüne Wand und machte mir den Weg frei. Ich war kaum einen Schritt eingedrungen, da hatte ich das Gefühl, ein Schwall von Pflanzen und Hitze hatte mich umspült. Alle Gewächse griffen nach mir, sie streiften über meine Haut, sie klatschten mir ins Gesicht, sie klammerten sich an meine Beine, sie klebten mir im Genick.

So komm' ich nicht voran, dachte ich noch, als sich der Wald vor mir teilte. Das Sonnenlicht schimmerte durch die Wipfel und eine Lichtung tat sich auf. Dort stand ein Mann. Außer einem ledernen Lendenschurz trug er nichts. Er sah Pati zum Verwechseln ähnlich, aber taten das nicht alle Eingeborenen. Klein und sonnengebräunt, dunkle Haare, perlweiße Zähne. Mit denen blitzte er mir entgegen.

Ich befreite mich aus der Umklammerung der letzten Schlingpflanzen und trat an ihn heran.

26

»Ich grüße dich, Fremder«, sagte er in dem typischen Akzent der Inselbewohner. »Ich bin Mali. Darf ich dein Führer sein?«

Ich war ebenso erstaunt wie sprachlos, doch ich nickte ihm freundlich zu. Letztlich war ich froh, der Umklammerung entkommen zu sein.

»Folge mir«, sagte er, winkte kurz mit der Hand und schon hatte er sich umgedreht, um voranzugehen.

»Weißt du denn, wohin ich will?«, rief ich ihm nach.

»Hier gibt es nur ein Ziel«, warf er über die Schulter zurück.

Über einen steilen, jedoch lichten Dschungelpfad wanderten wir höher und höher an der Flanke des Berges hinauf. Der Urwald dampfte vor sich hin, ich ebenso. Nur Mali schien es nicht zu tangieren. Auf seiner Haut sah ich keinen Schweiß. Er flog förmlich dahin, während ich mich mühte, schnaufend und schwitzend hintendran zu bleiben.

Bald wurde die Luft dünner. Das war keines der gewöhnlichen Atolle mehr. Das hier musste ein ehemaliger Vulkan sein, an dem wir emporkletterten.

Noch stand die Sonne hoch, doch mein Zeitgefühl hatte ich verloren. Ich trabte tropfend hinterher. Mir schien, die Blätter der Büsche, Bäume und Stauden wiesen uns den Weg. Alle deuteten zum Ziel. Doch was war das Ziel? Ich wollte mich erinnern. Es musste im Zentrum liegen. Es war lebendig und wichtig. Es war begehrenswert. Ich musste dorthin. Warum? Das war mir entfallen. Noch fühlte ich mich mutig genug, einen Schritt vor den anderen zu setzen.

»Wann sind wir da?«, fragte ich meinen Führer.

27

»Am Ende der Reise«, antwortete er.

Weiter und weiter gingen wir, immer bergan.

Ich blickte zum Himmel und musste feststellen, dass es bereits dämmerte. Waren wir so lange gelaufen?

Da war etwas, das mich zwang, stehen zu bleiben.

»Ich kann nicht weiter gehen«, sagte ich. »Ich muss wieder zurück.«

Er schaute mich fragend an.

»Du bist schon so weit gekommen«, sagte er.

Jetzt oder nie, dachte ich.

»Zeig dich!«, rief ich mit erhobener Hand. »Was oder wer auch immer du bist.«

»Du kannst die Göttin treffen, wenn du bereit bist«, sagte Mali. »Sie hat schon viele Namen getragen. Wenn du ihren richtigen Namen nennst, wird sie erscheinen.«

Ich kramte in meinem Gedächtnis, ich wühlte, ich baggerte. Doch mir wollte nichts einfallen.

»Ittiik!«, rief ich.

Er schüttelte den Kopf.

»Kittii!,« rief ich.

Er schüttelte den Kopf.

»Tikkii!,« rief ich.

Da blendete goldenes Licht meine Augen. Mir war, als hob mich eine riesige Hand empor. Ich lag klein und verloren in ihrem Griff. Unter ihren gewaltigen Augen fühlte ich mich nackt. Ich zappelte wie ein frisch gefangener Fisch.

»Ha!«, rief sie und ich schreckte auf.

Barney rüttelte an meiner Schulter.

»Ist was, Junge?«, sagte er und schaute mir sorgenvoll ins Gesicht. »Du siehst so bleich aus und außerdem schwitzt du wie in der Sauna. Ich glaub, du brauchst ne Auszeit.«

Ich starrte ihn an.

Er wollte gerade eine Augenbraue fragend nach oben ziehen.

»Tatsächlich!«, platzte es aus mir heraus.

Er unterbrach seine Bewegung.

»Ich brauch mal wieder Urlaub. Hat Kitti auch gesagt. Ich geh gleich zum Chef und ...«

»Welche Kitti?«, unterbrach er mich und schaute mich mitleidig an.

»Na, unsere Redaktionsassistenz«, sagte ich und schaute mich um.

»Bist du jetzt schon so weit?«, mokierte er sich. »Wir haben keine Assi. In diesem Minibüro, bei den Knausern in der Chefetage? Träum weiter!«

Er ging zurück an seinen Platz und setzte sich kopfschüttelnd vor den Computer.

Ich blickte mich um. Mein Arbeitsplatz voller Papier wie immer, umgeben von grauen Stellwänden, gegenüber Barneys Cubicle mit der Dartscheibe an der Wand.

Ich wollte meine Gedanken ordnen. Noch wallte der Dschungel am Rand meiner Sicht. Goldenes Haar blendete meine Augen.

»Ich brauch nen Kaffee«, murmelte ich vor mich hin und stand auf.

Ich wankte unsicheren Fußes durch die Gänge in Richtung Kaffeeküche. Ich kam an der Weltkarte entlang.

Ich weiß, zwei Drittel dieses Planeten sind nur deswegen blau, weil unergründlich tiefe Meere sie bedecken. Und von dem Rest des Landes schätzen selbst Experten nicht mehr als zwanzig Prozent als Zonen ein, die der Mensch besiedeln kann.

Ich blieb stehen und starrte hinauf in die Weite ihrer Ozeane. Dort steckte ein Pfeil gelb-schwarz gefiedert mitten in ihrem Reich.

»Tikkii!«, hörte ich sie rufen. »Tikkii!«

Vignette
2

Kinder
der
Erde

Steinfrau

Eine Geschichte
der
Kinder der Erde

Steinfrau

Ich bin ein Stein,
ich will so sein.
War immer simpel,
nie Juwel, Schmuck, Klunker.
Ich glaube, ich bin mein eigener Bunker.

Im Kern bin ich rein,
wollt's doch nie sein.
War nicht meine Wahl,
nie Trümmer, Stütze, Block.
Ich glaube, ich hatte auf was anderes Bock.

Mein ist die Kraft,
und das ohne Saft.
War immer solide,
das war die Devise.
Ich glaube, ich hatte noch nie ne Krise.

Bin gern Mineral,
so hart wie Stahl.
Kann dies oder das,
nie Objekt, Ding, Symbol.
Ich glaube, ich war noch niemals hohl.

Bin auch Person,
garantiert kein Klon.
Gerne Fleisch und Blut,
nie Kopie, Plagiat, Schein.
Ich glaube, ich bin ein rollender Stein.

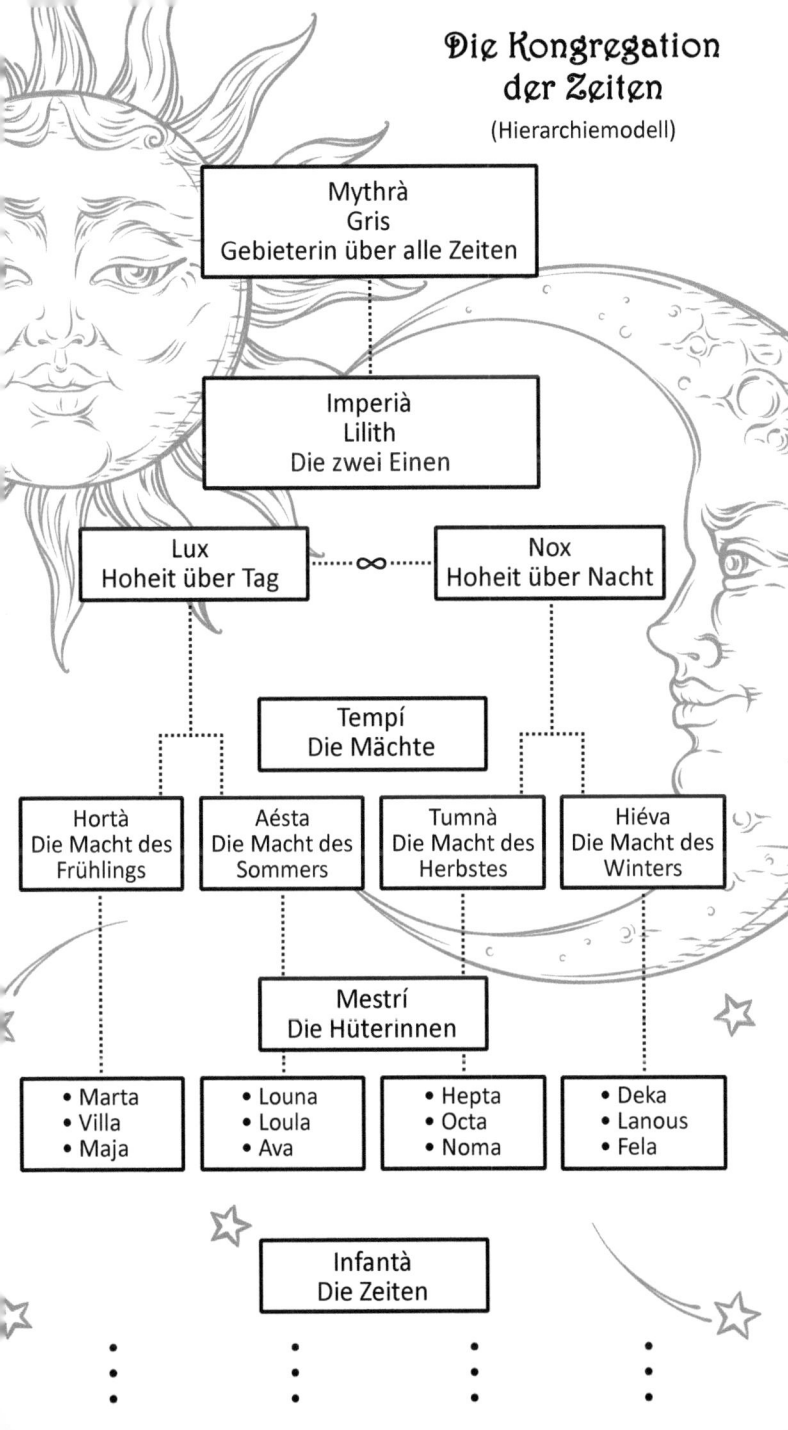

Die Kongregation der Zeiten

(Hierarchiemodell)

Mythrà
Gris
Gebieterin über alle Zeiten

Imperià
Lilith
Die zwei Einen

Lux
Hoheit über Tag

∞

Nox
Hoheit über Nacht

Tempí
Die Mächte

Hortà
Die Macht des Frühlings

Aésta
Die Macht des Sommers

Tumnà
Die Macht des Herbstes

Hiéva
Die Macht des Winters

Mestrí
Die Hüterinnen

- Marta
- Villa
- Maja

- Louna
- Loula
- Ava

- Hepta
- Octa
- Noma

- Deka
- Lanous
- Fela

Infantà
Die Zeiten

Leseprobe von

Jay Kay

DER DACHS,
DER WIND
UND DAS WEBER-
MÄDCHEN

Even Terms Press

Eins

Wie der Fuchs den Dachs zum Grinsen brachte

Zur Zeit der alten Dynastien hieß das Land Wa, da lebte im Frostwald, weit jenseits des Kaiserpalastes, ein Dachs. Schwarz war sein Fell bis auf breite silberne Streifen, die seinen Kopf zierten, und den Bart auf den Backen weiß färbten. Er war ein Störenfried und sein liebstes Spiel war das Säen von Zwietracht und Unfrieden unter den Menschen. Seine Mutter war eine der uralten Yokai der Inseln, die später einmal Nihon heißen würden und sie war noch den Dämonen der Unterwelt zu Diensten gewesen.

Nicht wenig der üblen Magie der Schattenreiche hatte er geerbt und wollte doch immer noch mehr. In seiner Jugend wurde er deswegen von den Menschen Kamui gerufen, denn er verzehrte sich nach der Macht der Götter.

Die Bauern und einfachen Leute in den Tälern mieden die eisigen Höhen seines Waldes an den steilen Hängen oberhalb des Dörfchens Asuka, wann immer sie konnten. Und doch mussten sie seinen Forst passieren, denn der Himmelsfriedhof ihrer Ahnen lag auf der Kuppe der höchsten Erhebung. In aller Stille, nur mit einer Laterne gerüstet, wandelten sie auf den Pfaden durch den dunklen Tann. Nur im höchsten Sommer, zum Fest der Toten, wagten sie es, auf seinen

Hügeln zu tanzen und mit den Ahnen zu speisen. Dann konnten sie so viele Lichter entzünden, dass dem Dachs der böse Wille verging und er sich grollend in seine Höhle verzog.

Allein traute sich niemand auf die Felder oder gar in den Wald, denn bald nannten sie den alten Dachs nur noch Kisame, wegen seiner langen Zähne, die er immer dann zeigte, wenn ihm ein besonders arger Streich gelang.

Er dachte sich nicht nur garstige Scherze aus, wie den Hühnern im Schlaf die Eier mit Steinen zu tauschen, sondern er lockte mit Vorliebe Kinder in den Wald, auf dass sie sich für immer verlaufen sollten.

Nur in den frostigsten Wintern war man vor seiner Hinterlist sicher, denn dann war es auch ihm zu ungemütlich und er verschlief die kalte Zeit in seinem Bau.

Mit den Jahren sah der Dachs, wie die Bauern den Wald rodeten und ihre Felder weiter und weiter dehnten und sein Gemüt färbte sich grün vor giftiger Galle.

»Wann wird das ein Ende haben?«, hörten ihn die Wildschweine murren, wenn er durch sein Reich wanderte.

»Wie viele von den haarlosen Affen gibt es und warum werden es immer mehr?«, hörte ihn der schlaue Fuchs lamentieren, wenn sie sich in tiefer Nacht über den Weg liefen.

»Du kannst die Menschen nicht aufhalten, so wenig wie die Jahreszeiten«, antwortete Kitsune aus sicherer Entfernung. Er hatte sich schnell ein oder zwei Schweiflängen entfernt, weil er wusste, mit einem alten Mujina ist nicht gut Kirschen essen.

»Geh mir aus dem Weg, du eitler Narr!«, rief der Dachs. »Und wenn ich den Menschen alle Kinder stehlen muss, so werd' ich sie davon abhalten, weiter in meinem Reich zu wildern.«

»Ha!«, rief der Fuchs. »Ich komme mit den Dummköpfen im Tal bestens aus. Ich schnappe mir ihre Hühner, und fangen werden sie mich nie. Ich mag vielleicht eitel sein, aber mein Fell tarnt mich im Sommer wie im Winter. Sieh, wie schön und weiß es im Mondlicht glänzt, denn ein böser Winter steht vor der Tür und ich werde fein gerüstet sein.«

Da musste Kisame schief grinsen und das Einzige, was an ihm blitzte, war sein Eckzahn, den er dem Mond und dem Fuchs zeigte. Den hatte er sich als junger Dachs an einem Hirschknochen krummgebissen. Und es war wahrlich ein schiefes Grinsen, denn in seinem Herzen gönnte er dem Fuchs das hübsche Fell und die Freiheit nicht.

Kitsune hingegen wusste, wie er den Dachs dazu bringen konnte, weiter sein Unwesen zu treiben und darauf zu verzichten, allzu früh in den Winterschlaf zu gehen. Je mehr und länger Kisame die Menschen beschäftigte, umso besser, denn dann konnte der Fuchs in aller Heimlichkeit in den Ställen plündern. Und wenn er sich nicht blicken ließ, schoben die Menschen dem Dachs auch noch den Eierklau in die Schuhe.

Und so waren es nicht nur der Groll des Dachses und die Härte des Winters, die so bald das Schicksal Vieler fortschreiben würden, sondern ebenso die Hinterlist des Fuchses.

Zwei

Wie der Dachs seinen Schlaf verlor

So erfüllte sich die Prophezeiung des Fuchses. In jenem Jahr schlug der Winter mit machtvoller Faust auf den Tisch und der Nordwind trug den Frost bis in das tiefste Tal. Er wehte so stark und schnell, dass die Schneefrau kaum hinterherkam, genügend Flocken zu backen, und so erstarrte das Land unter seinem eisigen Griff.

Den Bauern war es recht, denn sie wussten, auf einen harten Winter folgt ein guter Sommer. Deswegen war der Dachs früh in seinem Bau verschwunden, doch der Fuchs fror vor sich hin.

Da kam es Kitsune gerade recht, dass in der nahen Kaiserstadt zu dieser Zeit die fünfte Konkubine des Tenno vor der Niederkunft stand. Der Kaiser war schon alt und, obschon sein gesamtes Leben im Glück, doch nicht glücklich, denn bisher hatte man ihm nur Jungen als Nachwuchs geschenkt. Dabei hatte er sich doch einmal eine Tochter gewünscht.

Der Winter war so stark, dass er seine kalten Finger bis in das Frühjahr streckte und obwohl sich schon die ersten Kirschblüten an den Ästen zeigten, brachte er dem Kaiserpalast den Frost zurück und überzog die Blüten mit einem silbernen Glanz. Damals war es Brauch, das neue Jahr mit einem Feuerwerk zu Beginn des Frühjahrs zu empfangen. Das war der Tag, da dem Tenno das Töchterlein geschenkt wurde, auf das er so lange gewartet hatte. Seine Freude war derart groß, dass er das mächtigste aller mächtigen Spektakel anordnete, das die Stadt je gesehen hatte. Ein ganz besonderes Feuerwerk sollte es sein, hoch hinaus sollte es gehen und über allen Ländereien sichtbar. Ausschließlich weiß, wie das Sterneneis dieser ganz besonderen Nacht, durfte es sein. Und als nach Einbruch der Dunkelheit die vielen Feuerkerzen am Himmel explodierten, erkannte der Fuchs seine Chance.

Schnell lief er zum Bau des Dachses und hämmerte an die Tür, er hopste auf dem Dach, er rüttelte an den Grundfesten der Erde, auf dass der alte Mujina erwache.

Mit schläfrigen Augen, aber voller Zorn schaute der Dachs aus seiner Höhle, da saß der Fuchs schon wieder still auf der Schwelle und bewunderte das Feuerspiel am Himmel.

»Wer wagt es, mich zu wecken?«, schnauzte der Dachs.

»Du bist wach?«, tat Kitsune erstaunt. »Schau doch, wie schön die Menschen die Ankunft des Frühjahrs feiern.«

»Bist du bei Sinnen?«, murrte Kisame. »Es ist noch kalt wie im tiefsten Eis. Die Menschen sind verrückt, wie können sie das nur tun?«

»Verrückt sind sie ganz sicher«, sagte der Fuchs. »Aber sie sind auch gerissen. Sie haben den Nordwind hinters Licht geführt, auf dass er länger bläst, damit wir Yokai schlafen und sie ihre Ruhe haben.«

Der Dachs schüttelte den Kopf.

»Wenn ich erst richtig wach bin, werde ich ihnen zeigen, wer der Herr des Waldes ist. Einstweilen sollen uns ein paar Eier aus ihren Ställen reichen.«

So hatte der Fuchs sein Ziel erreicht und für reichlich Ablenkung auf seinen Streifzügen gesorgt.

Doch kaum war der Frühling gegangen, da entsann sich der Dachs der Schmach aus dem Winter und dachte an eine bessere Rache, als nur ein paar Eier zu klauen.

»Ich werde den Menschen eine Lektion erteilen«, prahlte er vor dem Fuchs. »Ich werde ihnen den Nordwind abspenstig machen, auf dass uns nie wieder ein so langer Winter droht.«

»Und wie willst du das tun?«, fragte der Fuchs. »Wir sind nur Yokai, doch der Wind ist ein Kami, der lässt sich weder drehen, noch fangen.«

»Mir wird schon etwas einfallen«, sagte der Dachs und versuchte sein Bestes. Er stellte dem Nordwind nach, wo er konnte. Er wanderte über alle Höhen, über die der Wind pfiff. Er lockte und redete sich die Lippen wund. Doch die Götter sind viel zu frei und so einfach lässt sich ein Kami nicht fangen.

Seine Versuche blieben fruchtlos und bald versank der Dachs noch mehr im Groll auf die Menschen und bald schloss sein Unmut auch den Wind mit ein. Niemals konnte er eine Schmach vergessen und so zog es ihn auf seinen Raubzügen immer wieder in die Nähe der Dörfer, auf dass er eine Gelegenheit bekommen würde oder einen Hinweis finden könnte, um den Wind zu fangen. Dazu wirkte er seine ureigene Magie, denn seit jeher war es ihm gegeben, eine beliebige Gestalt anzunehmen. Damit konnte er die Menschen blenden und in ihrer Nähe wandern und lauschen, wann immer er wollte.

So ging die Zeit ins Land und auch wenn der Dachs keinen Hinweis erhaschte, wurde er doch älter und grimmiger mit jedem Jahr.

Lesen Sie hier weiter:

Jay Kay
**Der Dachs, der Wind
und das Webermädchen**
Der Roman

**Eine
Geschichte
der
Kinder der Erde**

HC, TB & eBook
156 Seiten

Unsere Welt hat viele Facetten und viele Kinder der Erde

Sie wollen mehr über die geheimnisvollen Kinder der Erde wissen?

Manche nennen sie Feen, andere einen Fluch. Doch wer sind sie wirklich? Naturgewalten, Sagengestalten, außergewöhnlich magische Wesen oder doch nur Monster?

Beachten Sie die Vignetten, die demnächst erscheinen.

Folgen Sie dem Autor im Web.

amazon.de/Jay-Kay/e/B077YSK1WX

facebook.com/people/Jay-Kay/100025576238827

Erhebendes
Für die stille Zeit des Jahres

Jay Kay
Ich, Santa

Der Roman

**Eine
Geschichte
der
Kinder der Erde**

HC / TB / eBook
320 Seiten

Ein Buch über die Macht der Erinnerung
und die Zeit, die uns bindet.

Sagen und Märchen erzählen von Feen und Kobolden, von Nixen und Elfen und von ihm, Santa. Nur wenige wissen, dass all die Geschichten, die Sagen und Märchen, aus ihrer Feder stammen. Denn sie leben unter uns, unerkannt. Und das soll auch so bleiben. Wären da nicht ein Unfall und mein Onkel Frank. Ein manischer Sammler und wenn ich ihn nicht stoppe, wird es bald keine Weihnachten mehr geben.
Die Geschichte von einem Jungen und seinem magischen Erbe. Ein Abenteuer um den Zauber der Jahreszeiten, den Mythos von Santa und die Realität, wenn man zu retten versucht, was von der Vergangenheit noch zu retten ist.

ISBN: 978-3-7528-1639-6

Mit diesem Roman fängt alles an.
Auch als Taschenbuch & eBook

Erlösung
Für die spirituelle Zeit des Jahres

Jay Kay
Engel der Frequenzen
Die Vignette

**Eine
Kurzgeschichte
der
Kinder der Erde**

eBook / TB
64 Seiten

Büßen und Beten?
Nicht mit diesem Kind der Erde.
Josefina ist arm und viel zu jung. Trotzdem muss sie arbeiten und das nicht wenig. Die Minen am Cerro Rico sind ihr Zuhause. Dort kratzt sie mit ihrem Onkel Silber aus dem Gestein, bei einhundert Prozent Luftfeuchtigkeit und fast vierzig Grad in den Schatten, denn die Tunnel kennen kein Sonnenlicht.
Dann passiert das Unglück und es ist menschengemacht. Es bleibt wenig Zeit, Onkel Ernesto zu retten. Es sei denn, man verfügt über Fähigkeiten, die nicht menschengemacht sind.

Mit dieser ungewöhnlichen Erzählung beweist Jay Kay erneut sein Talent auf abwechslungsreiche Weise das Universum der Kinder der Erde mit Leben zu füllen.

Bonus dieser Erstausgabe:
Eine komplette zweite Vignette über ein besonderes Kind der Erde.

ISBN: 978-3-7528-0532-1
Als eBook & Taschenbuch erhältlich.

Jay Kay
Native American Girl
Roman

Die Luxusausgabe
HC, erweitert

Hardcover-Edition,
422 Seiten, gebunden,
kaschiert,
Lesebändchen,
6 Abbildungen

ISBN: 978-3-7439-6412-9
Auch als eBook erhältlich

»Ein Buch wie eine mittlere Naturgewalt.«
Lovelybooks.de

Melanie hat sich mit ihrem Erbe einen Traum erfüllt. Die eigene Hotelanlage in den Rocky Mountains. Dort endet der Ferientrip der Harpers im Desaster und in einem Fluch, der die Familie bis ins heimische Denver verfolgt. Um den Fluch abzuwenden, werden die Harpers in die Berge zurückkehren. Das weiß Melanie ganz sicher, schließlich hat sie den Fluch verhängt. Denn sie ist ein Native American Girl.

Ein Mystic Thriller in der Tradition des Magischen Realismus

Die erweiterte Ausgabe des Debüterfolgs von Jay Kay
mit exklusiven 16 Seiten Nachwort

Even Terms Press